CATALOGUE

D'UNE JOLIE COLLECTION

D'ESTAMPES

ANCIENNES & MODERNES

LA PLUPART

ÉCOLE DU XVIIIᵉ SIÈCLE

ET

PIECES EN COULEUR

PORTRAITS, ILLUSTRATIONS

DONT LA VENTE AURA LIEU

HOTEL DES COMMISSAIRES-PRISEURS

Rue Drouot, 5

SALLE Nº 7, AU PREMIER-ÉTAGE

Les Mardi 11 & Mercredi 12 Février 1868

A UNE HEURE PRÉCISE

Mᵉ **QUÉVREMONT**, Commissaire-Priseur,
rue Richer, 46,

Assisté de M. **VIGNÈRES**, Marchand d'Estampes,
rue de la Monnaie, 13, à l'entresol, entrée rue Baillet, 1.
CHEZ LEQUEL SE DISTRIBUE LE CATALOGUE.

PARIS — 1868

CLERGÉ CONTEMPORAIN
PETITS PORTRAITS GRAVÉS A CLAIRE-VOIE
PETIT PAPIER, A 50 CENTIMES CHAQUE

Le Solitaire.	George.
Affre.	De Geramb.
Allignol (Aug.-Vital).	Gousset.
Allignol (Charles Regis).	Graveran.
Annat.	Grégoire.
Arnaldi.	Grégoire XVI.
d'Astros, archevêque de Toulouse.	*Grivel, aumônier de la Ch. des Pairs.*
Baronnat.	Guillon, évêque de Maroc.
Bautain.	Le Guillou.
Belmas.	Hohenlohe (le prince).
De Bervanger.	Lacordaire.
Blanquart de Bailleul.	De La Mennais.
De Bonald.	Laroque.
De Boulogne.	De La Tour-d'Auvergne.
Bourrel.	*Lemaire.*
Bouvier.	Letourneur.
Boyer.	Liautard.
Brumaud de Beauregard.	Lyonnet.
De Chamon.	Madrolle.
Chartrousse.	Magnin.
Chatel.	Mai, cardinal.
Chatenay.	Manglard.
De Cheverus.	De Mazenod, évêque de Marseille
Clausel de Montals.	Merault.
Cœur.	Migne.
Collin.	Moignot.
Combalot.	Morlot, archevêque de Tours.
Coquereau.	Naudo.
Croï (prince de), cardinal.	Olivier.
Darcimoles, évêque du Puy.	Pacca, cardinal.
Débelay.	Paravey.
Deguerry.	Parisis.
Demeuré.	Pelier de la Croix.
Deperry.	Perboyre.
Desgarets.	Picot.
Devie.	Pie IX.
Donnet, archevêque de Bordeaux.	Prompsault.
Droste-Vischering, év. de Cologne.	De Quélen.
Dufetre.	Raillou.
Dupanloup.	De Ravignan.
Dupont, cardinal.	Rey.
Dupont-des-Loges.	Robin.
Emery.	Rœss.
Fayet.	De Rolleau, curé de N.-D. de Lorette.
De Feletz.	De Sausin.
Fesch, cardinal.	C. de Schmid.
De Forbin-Janson.	L'abbé Sieyès.
Frasey, curé.	Souquet de Latour.
Frayssinous.	*Thibault.*
De Genoude.	De Veyssière.

RENOU et MAULDE, imprimeurs de la Compagnie des Commissaires-Priseurs, rue de Rivoli, 144.   10813

ORDRE DES VACATIONS

Première Vacation............ N°s 1 à 230
Deuxième Vacation............ 231 à 460

L'ORDRE SERA SUIVI.

CONDITIONS DE LA VENTE

Elle sera faite au comptant.

Les Adjudicataires paieront, en sus du prix d'adjudication, CINQ POUR CENT applicables aux frais.

M. VIGNÈRES, dirigeant la vente, se charge des Commissions.

NOTA. Toute commission sans prix fixé ou sans limite déterminée sera regardée comme nulle.

M. VIGNÈRES se charge de faire marquer les prix aux Catalogues des ventes qu'il a faites. Les personnes qui le désirent peuvent s'adresser à lui *franco.*

Plusieurs Amateurs éloignés en ont reconnu l'utilité pour les guider dans leurs Achats sur les valeurs des Estampes.

Les Catalogues des Ventes à faire seront envoyés aux personnes qui en feront la demande *affranchie.*

AVIS. — Nous prions MM. les Amateurs éloignés de ne pas attendre au dernier jour, pour que les lettres arrivent le matin de la vente ; ils comprendront que quelques lettres peuvent se lire, mais de 20 à 50 lettres, c'est difficile.

Choix de Catalogues de Ventes avec prix.

Ditch, 10

Michael 3

[illegible]

Durham 7 · 25

DÉSIGNATION

DES

ESTAMPES

1 **Anonyme**. Table de Cèbes, ou l'histoire de l'homme depuis l'enfance jusqu'à sa mort. — Trois Martyrs chrétiens dans une cuve au milieu d'un cirque. Superbe eau-forte terminée, imprimée en bistre. 2 p.

2 — La Tentation. 2 vignettes, sujets différents.— Sujet de Capucins. Intérieur. 3 p. avant toutes lettres.

3 — Néophyte tenant la burette sur le plateau. Sup. ép. petit in-fol. avant toute lettre, grande marge.

—4 — Louis-Auguste, dauphin de France, qui devint Louis XVI, entouré de roses et de lys. In-8.

—5 — Marie-Antoinette et Louis XVI. Médaillons réunis par des roses. In-4 en travers, imp. en rouge, toute marge.

—6 — Nombre de Femmes se baignent et jouent dans l'eau. — Pêcheurs. 2 très-beaux paysages avant toute lettre, toute marge.

7 **Allais**. Après la Prière, d'ap. Dubuffe. Belle manière noire in-fol. Portrait de jeune Femme.

8 **Alix**. Marie-Anne-Charlotte Corday. Ovale in-fol. en couleur, sup. ép., marge.

9 **Anselin**, 1776. La Parure naturelle, d'ap. Netscher. Portrait d'une jeune Princesse d'Orange.

10 — Vénus et l'Amour qui aiguise ses flèches, d'ap. Vanloo. Magnifique ép. avant toute lettre, charmante composition gracieuse.

11 **Aubert**. Naissance de Vénus, d'ap. Jeaurat. Belle ép. d'une jolie pièce.

12 **Aubry-le-Comte**. Marie de Prony, née Lapoix de Freminville, avec et d'après Girodet. Sup. ép. lithog. sur chine, toute marge.

13 — Une Famille malheureuse, d'ap. Prudhon. sur chine, Esclave georgienne, la Peste de Marseille, sur chine, Odalisque, et autres. 5 p. très-belles.

14 **Audouin**. Alexandre Ier. — Duchesse d'Angoulême. — Louis XVIII. — Duc de Berry. — 4 portraits in-fol.

15 **Audran** (G.). Saint Hyacinthe. — Ulysse découvre Achille.—L'Enfance de Jupiter, par K. Audran. 3 p. très-belles.

16 **Augrand**. Lavallière, Maintenon, Ninon, Sévigné. 4 portraits de femmes, d'ap. Petitot, in-4 en couleur.

17 **Avril**. L'Étude voulant arrêter le Temps, avant la lettre. — Suzanne au bain. 2 p.

18 — Sacrifice à l'Amour. — L'Amour couronné. 2 p, avant toute lettre, marge.

19 — Dame et sa Fille tenant des fleurs. — Dame pelant une pomme, d'ap. Maratte. 2 p. avant la lettre.

X'tian. 12 30

Michel 6

Yew 8

R. 8

Michel 5

Vienn 10. Mumard 5 Ditchf 7   338

Mumard 8

Duchung 8.25 Vienn 12 R 8   338

20 — Mars va à la guerre. — Mars de retour de la guerre. 2 p. in-fol., d'ap. Rubens.

21 — Vénus faisant frapper de verges Psyché, d'ap. de Troy. Ép. avant toute lettre.

22 — M. Ducis, académicien. Portrait in-fol.

23 **Balechou**. L'Opérateur barri, d'ap. Jeaurat. Belle ép. avec vers amusants.

24 **Baquoy**. Les Plaisirs champêtres, d'après Benard. — Maladie d'Antiochus, avant la lettre. 2 p.

25 **Baron**, le 22 octobre 1781. Allégorie sur la naissance du Dauphin, dédié à la reine. Petite p.

26 — Sainte Cécile, d'ap. Carlo Dolci. Belle pièce in-fol.

27 **Bartolozzi**. Vierges et Jésus, Antiope, Chriseis, Achille et Briseis, l'Innocence se réfugiant dans les bras de la Justice, Sibylle et autres, la plupart en rouge. 12 p.

28 — Flore et Zéphyr. — Vertumne et Pomone. 2 p. en couleur avec entourages en or, très-belles p., d'après Coypel.

29 **Basan**. Ecce homo. — Décapitation de saint Jean. — Le prophète Siméon, par Meulemester. 3 p.

30 **Baudouin** (d'ap.). Jeunes Filles regardant des tourterelles. — Les Regrets mérités. — Les Amants surpris, d'ap. Lebarbier. 3 p. eau-forte pure.

31 — Jeunes Filles regardant des tourterelles. — La Mère grondant sa fille. 2 p. par Choffart. Belles ép.

32 **Beauvarlet**. L'Arrivée du Courrier, d'ap. Boucher. Sup. ép. in-fol.

33 — Le Repas d'Esther et d'Assuérus. Sup. ép. avant la lettre.

34 — Les Adieux de Catin, d'ap. Lenfant. Belle ép.

35 — Enlèvement des Sabines, avant la lettre. — La Marchande d'amour. 2 p. belles.

36 **Bein**. Sainte Marie, d'ap. Raphaël.

37 — Nymphe effrayée, d'ap. Lancrenon, avant la lettre.

38 **Beisson**. Marat. In-fol. d'ap. Boze. Magnifique ép. avant la lettre, toute marge. C'est le plus beau portrait du personnage.

39 **Beljambe**. L'Amour et Psyché endormis, d'ap. Regnaud. Superbe ép. avant les armes ; sujet gracieux.

40 **Benoist**. Betzabée au bain.—Jupiter et Junon. 2 p. in-fol. avant la lettre, belles.

41 **Bernardi**. L'Amie de Raphaël (Fornarina). — La Nymphe endormie, d'ap. Thorwaldsen. 2 p.

42 **Bervic**. L'Innocence, d'ap. Merimée. Très-belle ép.

43 — L'Enlèvement de Dejanire. — L'Éducation d'Achille. 2 p. Superbes ép.

44 — Sénac de Meilhan, intendant du Hainaut. Beau portrait à mi-corps, in-fol.

45 **Blanchard** aîné. La Leçon de flûte, d'ap. Albrier, avant la lettre.

R

R 15

2. ... 5. 25 May 5.

Michel y O.R. 10.

O.R. 10

Michel 11

Michel 6

Michel 7

46 **Bloemaert**. Allégories Mythologiques, la Prise de la Toison d'or, et autres, sainte Madeleine, etc. 4 p. par et d'après. *1 50*

47 — Vierge et Jésus, d'ap. Titien, signé : P. Mariette, 1650. Très-belle ép. *1 50*

48 **Bocquet**. L'Aurore, d'ap. le Guide. Sujet gracieux, ép. avant la lettre. *4*

49 **Boilly** (d'ap). La Solitude, en couleur. — L'Amusement de la campagne, au bistre. 2 jolies p. par Tresca. *2 75*

50 — Le Cadeau, par Bonnefoy. Très-belle ép. avant les noms d'artistes. *2 85*

51 — Poussez ferme. — Défends-moi. — La Leçon d'union conjugale. 3 p. Très-belles ép. par Petit. *5*

52 — Prélude de Nina. — L'Amant favorisé. — Comparaison des petits pieds. 3 p. Très-belles ép. par Chaponnier. *6*

53 **Bonnet**. L'Insomnie amoureuse. — Mars et Vénus, avant la lettre. 2 p. sanguines, très-belles. *5*

54 — L'Odorat, jeune femme sentant un poisson. — Le Toucher, autre caressant son chat. 2 p. aux trois crayons. *3 50*

55 — Études pour les demoiselles. 3 jolis costumes de dames à la sanguiue. Très-belles ép. *6 50*

56 — Étude de l'Architecture. — Autre jolie Tête de jeune femme. 2 p. sanguine. Très-belles. *3*

57 — L'agréable Résistance. — L'Accord heureux. 2 charmantes petites p. ovales en couleur. Très-belles ép.

58 **Bonnet**. L'Enfant qui pleure, — L'Hymen et l'Amitié. — Têtes, etc. 4 belles p. sanguine.

59 — Têtes de Femmes, d'ap. Huet et Vanloo. Sanguine et trois crayons. 3 p.

60 — Le Repos de Cérès. Jolie petite pièce ovale.— Periclès et Aspasie. 2 p. en couleur.

61 — Les derniers apprêts pour le bal. Jolie p. en couleur.

62 **Bonvoisin**. La duchesse d'Angoulême. — La princesse Amélie de Bavière, par Caronni. 2 portraits in-fol.

63 **Borel** (d'ap.). Le Maréchal des logis, par Voysard. Superbe ép. avant les lignes de dédicace., belle marge.

64 — L'Innocence en danger, par Huot, 1792. Superbe ép. toute marge, avant la ligne, 1er sujet de la paysanne pervertie.

65 — J'y passerai. Belle ép. par Delaunay.

66 **Boucher**. *Uxor ejus sculpsit*. Deux Paysans dormant. Eau-forte par Madame Boucher.

67 **Boucher**. Chinoises et Paysage, d'ap. Watteau, sujet turc et autres, d'ap. Boucher. 8 p.

68 **Boucher** (d'ap. F.). Pan et Syrinx, par Martenasi, le titre coupé. — Jupiter et Léda, par Ryland. 2 belles ép., sujets gracieux.

69 — Les Grâces au bain, par Ryland. — La Mort d'Adonis, par Levasseur. 2 p. Très-belles ép.

70 — Le Fleuve Scamandre, par de Larmessin. Très-belle ép., conte de Lafontaine.

71 **Boucher, 1787. (J. A. G.).** Vieux Brocanteur de Tableaux, d'ap. J. J. Spoede. Très-belle ép.

[illegible]   3 25
[illegible]   9

Den 8

Henri 8   538

Vrem 8   538

Michel 8

                    Eile   12 50

Michel 12   × Eile   12 50

72 **Bouillard**. Daphne and Apollo, d'ap. Vanloo.
— Borée and Orythie, d'ap. Vincent. 2 p. Très-
belles ép., lettres blanches.

73 **Beunieu** F^t. Avis au Lecteur, jeune Femme qui
brûle endormie en lisant dans son lit. Très-
belle ép.

74 **Beunieu** (d'ap.). L'Innocence sous la garde de
la Fidélité, par Ponce. Superbe ép.

75 **Bourgeois de la Richardière**. Bacchante,
d'ap. Greuze. — Autre, d'ap. Le Roy. ovale, 2 p.
en couleur, très-belles.

76 **Cabinet Lebrun et autres**. 10 p. la plupart
avant la lettre.

77 **Canot**. L'Amoureux buveur, d'ap. Teniers.
Très-belle ép.

78 **Canova** (d'ap.). Venere vincitrice, par Mar-
chetti-Imago puellae transtiberinæ, par Vitali.
2 belles figures de femmes, in-fol.

79 **Cardon**. Jésus-Christ donnant les clés à saint
Pierre, d'ap. Rubens. Sup. ép. avec le petit
titre en lettres blanches.

80 **Cars**. Bethsabée au bain, d'ap. de Troy. Très-
belle ép.

81 — Andromède sur le rocher. Superbe ép. d'ap.
Lemoine, avant la lettre.

82 **Cathelin**. Lucrèce, d'ap. Pellegrini. Superbe
ép. avant toute lettre.

83 — La Nouvelle affligeante, d'ap. Wille fils, dame
en joli costume. Médaillon entonré de roses et
de lis. Très-belle ép.

84 **Cazes** (d'ap.). Achille et Deidamie, par Desplaces.— Apollon et Issé, par Vallée. — Hercule et Omphale, par Desplaces. Trois charmantes compositions gracieuses. Superbes ép. in-fol.

85 **Cazenave**. La Volupté, d'ap. Regnault. Très-belle.

86 —Hébé. — Douce rêverie, d'ap. Fragonard, 2 p.

87 **Chalie** (d'ap.). Le Gascon puni. — Le premier baiser de l'amour. — Le Garde-chasse scrupuleux. 3 p. très-belles ép.

88 — La Défaite — La Conviction, 2 p., par Marchand.

89 — Les Appas multipliés, magnifique ép. avant toute lettre, par Dennel. Signée, sujet gracieux.

90 — La Comparaison. Très-belle ép. avant toute lettre, par Bouillard, jolie composition gracieuse,

91 **Chalon** (Christine). Intérieur d'une boutique d'épicerie, d'ap. Ostade, fac-simile d'aquarelle, sup. ép.

92 **Chaponnier**. L'Heure désirée d'ap. Fournier. Le Bouquet chéri, d'ap. Boilly. 2 jolies compositions, superb. ép.

93 **Chardin** (d'ap.). Jeune Fille tenant raquette et volant, par Lépicié, 1742, Belle ép.

94 **Chasteau**. La Musique de Philis, d'ap. Silvestre. Jolie dame qui chante tenant de la musique. Belle ép.

95 **Chatillon**. Endymion, d'ap. Girodet. Très-belle ép. lettre blanche, avant le nuage.

Michel 8

Michel 6.

Vien 10 . Michel 6

Lia 5   D.R. 20.

Veia 7.

Michel 6   Ditzleip 10

Veenm 12   335

— 96 **Chereau** major. A. Hercule de Fleury, cardinal, in-fol. d'ap. Rigaud. Belle ép.

— 97 **Chereau**. Eusèbe Renaudot, académicien, à
mi-corps, in-fol. Très-belle ép., marge.

98 **Chevillet**. Le Charme de la musique, d'ap. de
la Hyre. Superbe ép.

99 — L'Amour maternelle (sic), d'ap. Peters. Très-
belle ép.

100 **Cipriani** (d'ap.). Hébé. — Ariadne. — Vénus en-
tourée d'Amours. — Vénus à sa toilette. — Sacrifice à l'amour. — Cléopâtre, avant et avec la
lettre. — Vierge, etc. 9 p. par Bartolozzi et
autres.

101 **Claessens**. Les amours de J. Steen. — Judith.
— Le Voyageur, 3 p., premières ép. avant la
lettre et lettre blanche. — Hy Leeft. C'est le
tombeau de Hooft avec son portrait. 4 p.

102 **Coelmans**. Massacre des innocents, d'ap. Poussin. — Saintes Familles. — Bacchanale, 4 p.
Belles ép.

103 **Coiny** et **Calamatta**. Bajazet et le berger,
d'ap. Dedreux-Dorcy. Belle ép. sur chine.

104 **Colibert**. La Fête de village. — La Danse champêtre. 2 jolies pièces, très-belles ép.

105 **Colinet**. Porcie. Superbe ép. avant les armes
et avant toute lettre.

106 **Cook**. Sainte Cécile, d'ap. Westall. Très-belle
ép., in-fol. en couleur.

107 **Copia**. L'Amour et l'Étude. — L'Amour et
Psyché, d'ap. Vincent. Sujet gracieux. 2 pièces
avant la lettre.

108 **Corbutt**. La jeune Sultane. C'est le portrait de Mlle d'Hannetaire. Très-belle ép., in-fol.

109 **Cort** (Corneille). Martyre de sainte Agathe ; au revers, *P. Mariette 1665*.

110 **Courtin** (d'ap.). Ce chien qui m'obéit. Belle ép., marge.

111 **Coypel** (d'ap. A.). Jupiter et Antiope. Superbe ép. G. Valk ex.

112 — Alexandre et Roxane, par La Cave, dirigé par B. Picart. Sup. ép.

113 **Coypel** (d'ap. Ch.). Persée délivre Andromède, par Surugue, 1732. Très-belle ép.

114 — Thalie chassée par la Peinture, par Lépicié.

115 — Le Négligé galant, superbe effet de lumière, par Salvador Carmona. Très-belle ép., grande marge.

116 **Cunego**. Portrait de Clément XIV. In-fol., ép. sur satin.

117 **Danzel**. La Reconnaissance du berger. — Le gage de l'amitié. 2 jolies p. d'ap. Bénard.

118 **Daudet**. La pleine Moisson. — L'Après-midi. 2 p. belles.

119 **Daullé**. Qui que tu sois, voici ton maître. — L'Enfant qui joue avec l'Amour, 2 p. in-fol.

120 — Fête bachique d'ap. Lenain. Superbe ép.

121 — La lanterne magique, d'ap. Pierre. Superbe ép.; marge.

122 — Jupiter sous la forme de Diane, amoureux de Calisto. Très-belle composition d'ap. Poussin.

Tern 5

Michel 5

Michel 9

Tun 8
X Heit 4 50.   Michel 6

Dew 6.

Dew 6

Tern 6

Champ 15   Sers 5
Vil 1

Michel 7

Michel 7

Michel 6

123 — Portrait de **P. Aug. Le Mercier**, imprimeur ordin. de la ville de Paris. In-fol. d'ap. Vanloo. Très-belle ép.

124 **David**. Ève présentant la pomme à Adam. Sup. ép. avant la lettre.

125 **Delaistre**. Raphaël et la Fornarine, d'ap. Deveria. Superbe ép. avant toute lettre sur Chine.

126 **Delaunay**. Loth et ses filles, d'ap. Vander Werf. Jolie pièce in-4, avant la dédicace rare.

127 — Angélique et Médor, d'ap. Raoux.

128 — L'Abus de la crédulité, d'ap. Aubry. — Le bonheur du ménage, d'ap. Le Prince. 2 p. très-belles.

129 **De Marcenay**. L'Hymen coupant les ailes de l'Amour, pendant que la Sagesse l'attache. Rare ép. d'eau-forte pure.

130 — La Fleuriste, d'ap. Gérard Dow. Superbe ép.

131 **Demarteau**. Sainte Famille ; gracieux buste de femme, grandeur naturelle ; Vieillard, jeune garçon. 4 p., trois crayons et sanguine.

132 **Dennel**. Triomphe de Galathée, d'ap. Jordaens, Sup. ép. avant toute lettre avec les armes.

133 **Desnoyers**. Vénus désarmant l'Amour ; Héloïse, Le délire d'amour, pièce gracieuse, 3 p.

134 Les Nymphes au bain, d'ap. Lethière. Sup. ép. avant toute lettre avec le cachet à deux têtes.

135 **Desplaces**. Danaé. — La Pythonisse, d'ap. Silvestre. Avant toute lettre, marge 2 p.

136 — L'Amour piqué par une abeille. — Naissance d'Adonis. 2 pièces gracieuses.

137 **Desrais** (d'ap.). Le Serment à la mode. Charmante p. in-4, sup. ép.

138 **Dietricy**, 1763. Jésus guérissant tous les malades. Ép. non terminée, avant la main gauche de Jésus.

139 **Dorigny**. Le Départ pour la chasse, d'après M. Corneille.

140 **Drevet**, 1707. J. P. Bignon, abbé de Saint-Quentin, in-fol. Très-belle ép. d'un beau portrait.

141 — Maria Serre, mère de Rigaud. In-fol., belle ép.

142 — Léonard Delamet, curé de Saint-Eustache. — In-fol., très-belle ép.

143 — Guil. Dubois, cardinal, à mi-corps. Superbe — portrait d'ap. Rigaud., très-belle ép. marge.

144 **Duchange**. Cantabo Domino. — Christ au tombeau, d'ap. P. Veronèse. 2 p. très-belles.

145 — F. Girardon, sculpteur, né à Troyes. Belle — ép., petit in-fol.

146 **Dusart** (C.). La Ventouse, ép. grande marge.

147 — Kermesse ou fête flamande. —

148 **Duflos**. Portraits de Boileau, Corneille, Crébillon, Deshoulières, Lafontaine, Molière, Racine, etc. 17 p. in-8.

149 — La Justice, d'ap. Lairesse. Superbe ép.

150 — **Earlom**. Apollo en couleur. — Vierge et Jésus, d'ap. Sasso Ferrato, avant la lettre. 2 p.

151 — L'Enfant Jésus couché sur la crèche. Superbe ép. avant la lettre.

Sen 10   Michel 4.

Ditsch 8.   Derr 5

Derr 5

Ditch 6.

Sen 25

Vien 20. [illegible] 6 50 | 3

Vien 5 | 3
Vien 5
Vien 6 | 3

152 **Ecole flamande**, d'ap. Rembrandt, Ber-
ghen, etc. 7 p.

153 **Ecole française**. La jeune Flore, le Baiser
dérobé, Vénus bachique et autres. 8 p.

154 — Paysages de Boissieu Lepagelet, Lavit et autres sujets. 10 p.

155 — Sujets divers, titre, Tentation de saint Antoine, lithog. 11 p.

156 **Ecole italienne**. Sujets divers. 7 p.

157 — Agar renvoyée d'ap. Castiglione, Sainte Famille, Jupiter et Antiope, Méléagre, Ne Movea-
ris, Pasteurs. 6 très-belles pièces.

—158 **Edelinck**. Bossuet, évêque de Meaux, in-4.
Superbe ép., 1er état, toute marge.

—159 — Ferdinand Paderborn, évêque, entouré de
figures allégoriques. Très-belle ép. in-fol.

—160 — Saint-Louis, roi de France, agenouillé, d'ap.
Le Brun. Très-belle ép. in-fol., avec marge.

161 **Eisen** (d'ap.). École militaire; au fond, la Re-
vue des troupes.

162 — Le Repos, par Dupuis, Jeune Fille dormant.
Très-belle ép., marge.

163 — Les Villageois, par de Fehrt. — La Vieille
de belle humeur. Sup. ép. avant la lettre. 2 p.

164 **Fessard**. Diane et Actéon. — Psyché abandonnée par l'Amour. 2 p.

165 **Filhol** et Niquet. Moïse sauvé des eaux, d'ap.
Poussin.

166 **Flipart**. (J.). Dumont le Romain, d'ap. La
Tour. Beau portrait in-fol.

167 **Forster**. L'Aurore et Céphale, d'ap. Guérin.

168 **Forster**. Faune et Bacchante, avant la lettre sur chine. — Femme et Enfant, d'ap. Véronèse. — Sujet oriental. 3 p.

169 — Portrait de Raphaël à 15 ans. Très-belle ép., chine.

170 **Fosseyeux**. Le prince de la Paix, en pied, in-fol. Belle ép., marge, rare.

171 **Fragonard** (d'ap.). Les Contes de La Fontaine. 8 p. Superbes ép. avant la lettre, dont 1 ép. eau-forte pure.

172 — L'Innocence inspire la Tendresse, par Voysard. Très-belle ép. avant la dédicace.

173 — La Coquette fixée, par Couché. Jolie pièce.

174 — Le Verrou. — Le Contrat. 2 Très-belles ép. par Blot.

175 — Serment d'Amour, par Mathieu.

176 — La Bonne Mère, par Delaunay.

177 **Freudeberg** (d'ap.). Famille Suisse. Superbe ép. avant la lettre.

178 — La Gaieté conjugale. Superbe ép. avant la dédicace.

179 **Frey** (J. de). L'Architecte de la marine et sa Femme, d'ap. Rembrandt. Très-belle ép.

180 — Le bon Samaritain. — L'Ange disparaissant devant la famille de Tobie. 2 p. à l'eau-forte d'ap. Rembrandt. Très-belles ép., toute marge.

181 **Galerie de Florence**. Saint Jean de Bervic, la Vénus du Titien, les Bouteilles de savon, par Forster et autres. 8 p.

R 2

Vien 25   R 8   Dec 15

Vien 16

Vien 7
Vien 6.

Vien 10

Vien 15

Morny 5   Vien 10

Morny 10 Dieur. 15   Vien 6

182 Galerie du Palais-Royal. Sujets de la Bible, du Nouveau-Testament, Vierges, sainte Catherine, Madeleine et autres sujets religieux 52 p. Superbes ép. avant la lettre.

183 — Sujets mythologiques, avant la lettre, plusieurs ép. d'artistes. Très-belles ép. 22 p.

184 — Jupiter et Léda, Jugement de Pâris, Vénus et l'Amour. Différentes compositions gracieuses. 7 p., avant la lettre.

185 — Sujets historiques, familiers, Intérieur flamand, Paysages, Moulin de Rembrandt, Ecole italienne, etc. 56 p. Très-belles ép. avant la lettre.

186 — Portraits. 12 p. avant la lettre, dont 2 avec.

187 — Titre, Frontispice, Vierge de Raphaël, la Cassette, et autres. 16 p. avec la lettre, marge.

188 **Gaucher.** Diderot d'ap. Greuze, in-8., avant la lettre, la tablette blanche. Superbe ép., marge, in-4.

—189 — Madame la Comtesse du Barry, médaillon entouré de roses, d'ap. Drouais. Très-belle ép. in-8; charmant portrait; toute marge, in-4.

—190 — Le Président Henault, d'ap. Cochin, in-4. Superbe ép., toute marge.

—191 — J. Racine, d'ap. Santerre, in-8., avant la lettre. Superbe ép., marge, in-4.

192 **Gelée** (F). Daphnis et Chloé, d'ap. Hersent. — Stratagème de Vénus, d'ap. Charpentier. 2 sujets gracieux, in-fol.

193 **Gérard** (d'ap. Mlle). Le Bouquet inattendu. — Le Présent, par Vidal. 2 p., in-fol. Très-belles ép.

194 — Jeune Seigneur lisant là traduction de l'Art d'aimer à une jeune dame. Superbe ép., avant la lettre. Société des amis des arts, toute marge.

195 **Girard** (Rom.). Les Plaisirs interrompus. — Qu'en pensez-vous ? 2 pièces, d'ap. Guerin.

196 **Girodet** (d'ap.). Hero et Léandre, 2 compositions gracieuses, lithog. par Dassy. Ép. sur chine, avant la lettre.

197 — Ariane abandonnée par Roger. — Vénus et Adonis, d'ap. Gérard. 2 vignettes, in-4., avant la lettre.

198 **Glairon-Mondet**. L'Amour découvrant Vénus, d'ap. Véronèse. Sup. ép., avant la lettre. — Jupiter et Antiope, d'ap. Titien. 2 p. très-belles.

199 **Godefroy**. L'abbé Maury à mi-corps, in-fol. —

200 **Goepffert**. La Chaufferette, Scène drolatique de buveurs flamands, ovale. Très.belle ép. avant la lettre.

201 **Goltzius**. Statues d'Apollon avec le dessinateur. — Hercule Farnese. 2 belles pièces.

202 — L'Avarice, Vénus et l'Amour, les Sens, et autres pièces, d'après lui et son école, Sadeler, etc. 10 p.

203 **Gravelot** (d'ap). La Partie de chasse d'Henri IV. 6 p. ovales, in-4. Sup. ép.

204 **Greenvood**. Vénus allaitant l'Amour. Très-belle ép., avant la lettre, manière noire.

Michel 6

Michel 11

Michel 3

R 20

205 **Greuze** (d'ap.). Retour sur soi-même, par Bi-
net. Très-belle ép., marge.

206 — L'Amour, dédié au beau sexe par Henriquez.
— Vieillard expliquant la Bible. 2 p. très-belles.

207 — Retour de nourrice par Hubert, 1797. Très-
belle ép.

208 — La Paresseuse. — Le Donneur de Sérénade.
2 p. Belles ép., par Moitte.

209 **Gribelin.** Adoration des Mages, d'ap. P. Véronèse. Superbe ép., rare.

210 **Gudin.** Portraits de Marie-Louise, — par
Ruotte, avant toute lettre, — par Bertrand, grandeur naturelle. 3 p.

211 **Guyot.** Adam et Ève, d'après Bounieu. Superbe ép., imp. en couleur.

212 **Haas**, pensionnaire du roi de Danemark. Hercule et Diomène, d'ap. Pierre. Sup. ép., avant
les lignes de dédicace.

213 **Halbou.** La Madeleine au désert, d'ap. Vander
Werf. — Saint François en extase, par Guttem-
berg. 2 p. Très-belles ép., avant la lettre.

214 **Helman**, 1780. Joseph et Putiphar, d'ap. La-
grénée. Superbe ép. d'une jolie p., avant les
lignes de dédicace.

215 **Hemery.** Vénus et l'Amour couchés, d'ap.
Lotti. — Femme nue dormant, d'ap. Cignani.
2 pièces gracieuses. Très-belles ép., avant la
lettre.

216 **Hemery** (Rosalie). Le Professeur et l'Écolier.
A la sanguine. Sup. ép., toute marge.

217 **Henriquez.** Jupiter et Calisto, d'ap. Hallé. Très-belle ép.

218 **Hilaire** (d'ap.). L'Esclave heureux, charmante pièce gracieuse, avant toute lettre, avec la remarque, de la plus belle condition, gravé par Mathieu.

219 **Holbein** (d'ap.). Jean Holbein, peintre. — Sa femme et ses enfants. 2 p., par Hubner. Très-belles ép.

220 **Honoré.** Deux jeunes Filles tenant un nid d'oiseaux, d'ap. Van Gorp. Belle ép., avant la lettre.

221 **Houbraken.** Louis XV, in-4. — Musschenbrock. 2 portraits. Superbes ép.

222 **Houston.** Domestick employement. — Roméo et Juliette. 2. p. manière noire.

223 **Huet** (d'ap.). Deux Baigneuses surprises. Jolie pièce gracieuse, imp. en couleur, avant toute lettre.

224 **Hubert.** Marie-Antoinette. — Louis XVI. 2 portraits in-4., d'ap. Queverdo et Boizot, toute marge.

225 **Illustration** pour Daphnis et Chloé, d'ap. Prudhon et Gérard. 9 p. in-4. Très-belles ép., avant la lettre.

226 — Contes et Nouvelles en vers par M. de La Fontaine. 2. vol. avec 91 vignettes, y compris les 2 frontispices, le portrait de La Fontaine, par Macret, et le portrait d'Eisen, par Ficquet; il s'y trouve quelques doubles de fermiers généraux; non relié.

D. R. 25

Vin 10   Sims 15

R 10   D. R 12.

[illegible]

Lidard 4   Michel 13

Celum 5

Dur 6

227 **Ingouf**. Scène du Déluge, d'ap. Regnault. — Isaac bénissant Jacob, d'ap. Ribera, avant la lettre. 2 p.

228 **Janinet**. La jeune Vestale, d'ap. Lebarbier, ovale en couleur. Superbe ép., marge.

229 **Johannot** (Alfred et Tony). Les Enfants égarés. — Les Orphelins. 2 p., d'ap. Scheffer, toute marge.

230 **Julien**. La Rose défendue. Jolie pièce, marge.

231 **Kauffmann** (d'ap. Angelica). Angelica Kauffmann et la muse Clio, lettre blanche. — Lodovica Hammond. — Henry et Emma. — Apelles et Campaspe, avant la lettre. — Abeilard et Héloise. — 5 p. Très-belles ép.

232 **Kilian**. Vénus et les Amours. — Jean-Georges duc de Saxe, etc., entouré de figures allégoriques. 2 p.

233 **Klauber**. Ch.-Gabriel Allegrain, sculpteur, in-folio, d'ap. Duplessis. Très-belle ép. avant les lignes de dédicace, grande marge.

234 **Knight**. Dix Nymphes au bain. Très-belle composition, d'ap. An. Carrache, imp. en couleur, grand in-fol. avant la lettre.

235 **Kruger**. Herminie blessée par Tancrède. Très-belle ép. avant la lettre, d'ap. Canazo, toute marge.

236 **Lanoue** (Ptifaut de) *inv. et sculp. 1773*. Patri filius ; Tentation de saint Antoine, composition diabolique très-rare.

237 **Larmessin**. Frère Luce, d'ap. Vleughels, conte de La Fontaine. Belle ép.

238 **Lasinio**. Lucrèce, d'ap. le Guide. Superbe ép. in-4, avant la lettre sur chine.

239 **Laugier**. Héro et Léandre. — Mort de Léandre. 2 p. d'ap. Delorme. Sup. ép. avant la lettre, marge.

240 — Pygmalion, d'ap. Girodet. Superbe ép. sur chine.

241 — Portrait de la Baronne de Staël-Holstein. In-fol. d'ap. Gérard.

242 **Lavreince** (d'ap.). Les Sabots, par Couché. Jolie p.

243 **Lebarbier** (d'ap.). Illustration pour Gessner et autres, d'ap. Boucher, Eisen, Cochin. 7 p. in-4°.

244 **Le Bas**. L'Amant aimé. — Pense-t-il à la musique, d'ap. Téniers. 2 petites pièces.

245 — La Charité romaine, d'ap. N. Coypel. Belle ép.

246 **Le Beau**. Mademoiselle Dutcy. In-8°, marge.

247 — Marie-Antoinette en grande coiffure poudrée, ornée de diamants et de plumes, grand in-8°. Très-belle ép., toute marge.

248 **Leclere**. Tombeau et portrait de Claude Berbier du Metz, d'ap. Girardon.

249 **Lefèvre**. Portrait du général Foy, d'ap. H. Vernet. Belle ép. avant la lettre, chine.

250 **Legrand** (P.-F.). Apprehension. — The Security. 2 p. in-4 ovales, sanguine. Sujets gracieux d'ap. Leroy.

251 **Legrand** (Augustin). Valentine de Milan, duchesse d'Orléans.

Michel 5

Vun 10

Vun 5   Mary 4.

Cinelle

Michel 6

Dieus 10/15   Vien 12   33

Dieus 15 voir   Vien 6   33

Mozy 8. Ditteck 10

R 6

Michel 7   R 6

252 **Le Mire**. Claude Rousselet, abbé de Sainte-Ge-
neviève. In-fol. Belle ép.

253 **Le Moyne** (d'ap.). Iris entrant au bain. Manière noire, par Johnson. Très-belle pièce gracieuse.

254 — Latone changeant les paysans en grenouilles.
— Jacob meeting Rachel, par Picot. 2 p. très-
belles ép.

255 **Lempereur**. Coppette. — Madame Duchatelet.
2 p. in-4°.— La même par Delvaux, in-8°. 3 portraits, très-belles ép.

256 — Pyrame et Thisbé, d'ap. Cazes. — Bacchus
et Ariadne, d'ap. Pierre. 2 belles ép.

257 **Lepicié**. Watteau à mi-corps dans son atelier.
In-8°. Belle ép., marge.

258 **Leprince** (d'ap.). Le Marchand de lunettes, par
Helman. Très-belle ép.

259 — La Lettre envoyée. — La Lettre rendue. 2 p.
par Delaunay. Superbes ép. avant les lignes de
dédicace.

260 **Leroux**. La Vierge du Musée de Parme, sur
chine.

261 — La Madeleine pénitente, d'ap. Gennari. Avant
la lettre, sur chine. Sup. ép.

262 **Leu** (Thomas de). Catherine de Médicis, reine-
mère du roi. In-8°, marge. Belle ép.

263 **Le Vasseur**. Le Satyre amoureux. — Narcisse.
D'ap. le tableau pour Trianon. 2 p. très-belles.

264 — Antiope réveillée par l'Amour.— Apollon et
Daphné, sujets gracieux. 2 sup. ép. avant la dédicace.

265 — L'Éducation de l'amour. — Quos ego. 2 p.
belles.

266 **Le Veau**. Le Retour de la consultation, d'ap.
Bilcoq. Superbe ép. avant les lignes de dédicace.

267 **Leveque**. Psyché et l'Amour, d'ap. Pierre. Ép.
avant la lettre.

268 **Lignon**. Mademoiselle Mars. Très-belle ép.
avant la lettre, avec les couronnes, charmant portrait.

269 — Duchesse d'Angoulême, in-4°. — Frédéric-
Guillaume, avant toute lettre. 2 p.

270 — Louis-Philippe, duc d'Orléans. — Le prince
royal de Prusse, 2 portraits. Très-belles ép. avant
la lettre.

271 **Lombart**. Anne, comtesse de Bedfort, d'ap.
Van Dyck.

272 **Longhi**. Triomphe de Galathée, d'ap. l'Al-
bane.

273 **Longueil** (de). Vue des environs de Naples.
— Le Bacha en promenade. 2 p. d'ap. Mettay.

274 **Louvemont**. La Sainte-Trinité, d'ap. Mola.
Sup. ép.

275 **Louvier** (Julie). Saint Jean Évangéliste, d'ap.
Lebrun.

276 **Loyr**. L'Enfant Jésus couché, tenant sa croix.
Très-belle ép.

277 **Macret**. La Sultane reconnaissante, d'ap. Eisen
père. Très-belle ép., marge.

278 **Maillet**. Le Denier de César, d'ap. Pelle-
grino.

R 6

Humane 10.

View 6

Ledoux   3   Michel   8

                 Michel   9

                 Michel   6

                 Vien   10

Is.   Mony   6   Michel   7

279 — Diane et ses compagnes, environ vingt, au bain. Jolie composition d'ap. Tremolière. Belle ép.

280 — Vénus et Adonis. — Salmacis et Hermaphrodite. 2 sujets gracieux d'ap. Cazes.

281 **Maina.** Vénus embrassant l'Amour, d'ap. Carrache.

282 **Malbeste.** L'Ange disparaissant devant Tobie, d'ap. Rembrandt. Rare ép. d'eau-forte pure, avec beaucoup de croquis dans les marges.

283 **Mallet** (d'ap.). L'Impatience amoureuse. — Les bonnes Amies. 2 jolies compositions ovales, par de Sève. Très-belles ép.

284 — Les Promesses de l'Amour. — Les Jeux de l'Amour. 2 p. avant la lettre, par Beljambe.

285 — Le Déjeuner de Fanfan, d'ap. Van Gorp. Superbe ép. en couleur avant la lettre, marge.

286 **Mandel.** L'Enfant tirant les moustaches au soldat, d'ap. Hildebrand.

287 **Mariage.** Pâris et Hélène, avant la lettre. — L'Amour vengé, d'ap. Fragonard. 2 p.

288 **Mariette.** Jésus servi par des Anges, d'ap. Lebrun.

289 **Marillier** (d'ap.). Louis XVI. — Marie-Antoinette. 2 portraits médaillons ornés de fleurs. Très-belles ép. in-4°, toute marge.

290 **Marin.** The fine Musetioners, d'ap. Raoux. Très-belle pièce en couleur avec entourage doré.

291 — Les Regrets inutiles. — The Wife of Bath. par Martin. 2 pièces en couleur.

292 **Massard** (J.). La Vierge au berceau, d'ap. Raphael. Très-belle ép. avant la lettre.

293 — Abraham recevant Agar. Très-belle ép. avant la lettre.

294 — La plus belle des Mères, d'ap. Van Dyck. Très-belle ép., marge.

295 — Nicolas de Livry, abbé de Sainte-Colombe, d'ap. Tocqué, petit in-fol. Très-belle ép., toute marge.

296 **Masson**. Guil. de Brisacier, secrétaire des command. de la reine. Belle ép.

297 — Pierre Dupuis, peintre du roi, petit in-fol. Belle ép.

298 **Masquelier**. Arrivée de Mirabeau aux Champs-Elysées, Franklin le couronne. Eau forte pure.

299 — Les Garants de la Félicité publique. — Les Vœux du peuple confirmés par la religion. 2 p. Allégories où se trouvent Marie-Antoinette et Louis XVI.

300 **Mautort**. La Vieille inquiète, d'ap. Schalken. Bel effet de lumière.

301 **Mechel**. Tombeau de Samuel Mérian avec son portrait. — J.-Sig. Holzschuher, par Preisler. 2 portraits.

302 **Mellan**. Loth et ses Filles, le Christ en croix, saint François adorant la Vierge, Hercule étouffant le lion. 4 p.

303 **Michault** et Legrand. La Jarretière. Superbe ép. avant la lettre, d'ap. *Garnerai*, les noms d'artistes à la pointe, toute marge.

R 4   Michel 4.

Dieu 20

Dieu 15   Vien 12

Dieu 15   D. R. 30   Michel 20   Vien 20   X‾teis 15 50

Phelip 2 50

Phelip 2 50   Vien 5

R 6

304 **Miger**. Junon empruntant la ceinture de Vénus, d'ap. Regnaud. Très-belle ép. avant la
dédicace.

305 — Diane et Endymion, d'ap. Regnaud. Superbe
ép. avant toute lettre.

306 **Monchy** (de). L'Amour de l'étude d'ap.
Wagner.

307 — Le Réveil tardif d'ap. Grangeret, Nymphes
surprises, composition gracieuse. Très-belle
ép. toute marge.

308 **Mondon**. Le Don réciproque, par Scotin.

309 **Monnet**. (d'ap.). Illustration pour Lucrèce,
grand in-8. Superbes ép. avant la lettre.

310 — Les Baigneuses surprises. — Salmacis et
Hermaphrodite. 2 p. gracieuses, par Vidal.
Très-belles ép.

311 — Renaud et Armide. — Vénus et Adonis. 2 p.
gracieuses, par Vidal. Superbes ép., 1er état,
avec la remarque et avant toute lettre.

312 **Monsaldi**. Marie-Louise d'ap. Isabey, ovale
in-4, en couleur. Très-belle ép., toute marge.

313 — Mme Dugazon, d'ap. Isabey, ovale in-4, en
couleur. Très-belle ép.

314 **Monsiau** (d'ap.). Vignettes pour J.-J. Rousseau, l'Emile d'ap. Cochin. 13 p. in-4. Très-
belles ép.

315 **Montigny** (Littret de). *Del. ad vivum et sculp.*
Hyac. Théod. Baron, de la faculté de médecine,
in-fol.

316 **Moreau**. Saint Charles prenant soin des pes-
tiférés, bas-relief de Pierre Puget. — Tullie faisant passer son char sur le corps de son père,
par Simonet. 2 p.

317 **Moreau** (d'ap.). Memnon ou l'Ecueil du
sage, par Vidal. Très-belle ép., marge.

318 **Moreau** le jeune (d'ap.). Vignettes in-4, pour
J.-J. Rousseau et autre. 23 p., la plupart avant
la lettre. Superbes ép.

319 **Morel**. Sainte Famille, ovale en travers, in-
fol., avant la lettre. — Vue du Temple de la
Sibylle à Tivoli. 2 p.

320 **Morghen** (Guil.). Sainte Cécile, d'ap. Le
Guide. — L'Amour désarmé, d'ap. lui-même.

321 **Morghen** (R.). Saint Philippe de Néri, d'ap.
Toffanelli, in-4. Superbe ép.

322 **Mote**. L'Oiseau privé. — Le Dénicheur, 2 p.
gracieuses, ovales in-4, en couleur, d'ap. Chevaux. Très-rares.

323 **Moyreau**. Tircis, tu vois que ta bergère, d'ap.
A. Carrache. Belle ép.

324 **Muller**. Apelles et Campaspe. Superbe ép.
avant toute lettre, les armoiries un peu ro-
gnées.

325 **Muller** (H. C.). Enlèvement de Psyché, d'ap,
Prud'hon, in-fol. Belle ép.

326 **Munnichuysen**. Deux Enfants jouant avec
du raisin, d'ap. Lairesse. Très-belle ép., marge.

6

R 23

Michel 7.

Sám 12   Veen 12   338¹

Vén 10   338⁰

Sáng 5   Veen 5   338

Dieus 10   Paille   ?

327 **Musée Français**. Les Muses d'ap. Lesueur;
Concert, et autres, Vénus par Massard et par
Muller. 12 p. avant la lettre, une seule avec.

328 **Nanteuil**. F.-M. De Tellier, marquis de Lou-
vois, grandeur naturelle. Très-belle ép.

329 — Scuderi, 1er état, grand in-4; beau portrait.

330 **Natalis**. Sainte Famille d'ap. Bourdon. Très-
belle ép., 1er état; la Vierge a le sein découvert.
Signée *P. Mariette, 1665*.

331 **Nattier** (d'ap.). Cette liqueur brillante et
pure. Jolie composition.

332 — La belle Source (Mme de Chateauroux); gracieux portrait sans marge, in-fol.

333 — Mme de *** (Mailly?) en Flore, par Voyez le
jeune; joli portrait. Belle ép. in-fol.

334 **Née**. La Danse de l'ours, d'ap. Mayer, toute
marge.

335 **Nerbé**. Familiarité dangereuse. Très-belle ép.

336 **Ostade** (D'ap.). Buveur, par David — Vieille à
sa fenêtre, 2 p. avant la lettre. Superbe ép.

337 **Oudry** (D'ap.). Le Rieur et les Poissons, fable
de La Fontaine. Très-belle ép. avant toute lettre;
repas avec huit figures.

338 **Pater** (D'ap.). Le Baiser rendu. — La Ma-
trone d'Ephèse, 2 contes de Lafontaine, par
Filleul. Très-belles ép., adresse chez Filleul.

339 **Pauquel**. Louis XIV et Mlle de La Vallière, d'ap. Albrier.

— La Reine et Mlle de La Vallière, d'ap. Ducis ; chine.

— Le Tasse et la princesse Eléonore, lettre légère ; chine.

— Le Tasse et sa Sœur, d'ap. Ducis.

— Marie-Stuart, d'ap. Ducis, avec la lettre.

Ces 5 p. sont superbes et 4 sont avant la lettre.

340 **Pavon**. Leda al bagno, d'ap. Corrège. Très-belle.

341 **Petit**. Le Matin. — Le Midi. 2 jolies femmes en buste, d'ap. Boucher.

342 **Picart** (B.). Apollon distribue des récompenses aux Sciences et aux Arts, plafond de Versailles, d'ap. Mignard. Très-belle ép.

343 — Gerson, Grégroire XII, Martin V, Pogge, etc. 12 portraits in-4.

344 **Pièces en couleur**. Portrait de femme de profil, in-4. — La Vestale. — Cupid désarmé. — Innocence. — Augure. 6 p.

345 **Pierre**. (D'ap.). Léda. — Endymion, 2 p. en travers, par Delaunay. Belles ép.

346 — Le Savoyard. — La Savoyarde, 2 p., par de Larmessin. Très-belles ép.

347 — Massacre des Innocents. Belle eau-forte, par Lempereur fils, 1757 ; marge. Superbe ép.

348 **Pierron**. Mars et Vénus d'ap. Giordano, avant la lettre. — Sainte Marie Egyptienne, d'ap. Ribéra. — Job., d'ap. Ribéra, par Pitteri, 3 p.

349 **Piranesi**. Apollon, Vénus, Hercule, Gladiateur.

d.R 6

350 **Porporati**. Garde à vous! Superbe ép. avant les lignes de dédicace. — Il est trop tard, par Audouin, 2 p. très-belles.

351 — Agar renvoyée par Abraham, d'ap. Van Dyck.

352 — La mort d'Abel, d'ap. Vander Werff. Très-belles ép. avant la lettre.

353 — Le Coucher, d'ap. Vanloo; sujet gracieux in-fol.

354 **Portraits** Lithog. Marie-Antoinette, Louis XVI, etc. 7 p. (Collection Delpech.)

355 — D'Odieuvre, Célébrités diverses, Femmes, Ecclésiastiques, Artistes, etc., par divers. 24 p.

356 Portraits de Reines et personnages anglais, tirés de l'histoire d'Angleterre de Larrey. 28 p.

357 Portraits de la Duchesse d'Aiguillon, Cardinal Fleury, Anne de Gonzague, Lavallière, Louis XVI, XVIII, Luxembourg, Marie-Antoinette, Marie Leczinska, Duchesse de Montausier. 10 p. in-8.

358 **Potrelle**. L'Amour et Psyché, d'ap. David. Très-belles ép., lettre grise.

359 **Pradier**. Flore caressée par Zéphire, d'ap. Gérard.

360. — L'Amour et Psyché, d'ap. Gérard. Sup. ép. avant la lettre.

361 — Raphaël et la Fornarine, d'ap. Ingres.

362 **Prieur**. La Reine (Marie-Antoinette) à la Conciergerie, in-4 tiré du cabinet de l'abbé Caron. Belle ép., marge in-fol.

363 **Probst** (J.-B.). Histoire d'Achille en 14 sujets in-4, d'ap. Victor Jansens. Belles ép. avec texte latin et allemand.

364 **Prudhon** (d'ap.). La Vengeance de Cérès, par Copia.

365 — Le cruel rit des pleurs qu'il fait verser. — L'Amour réduit à la raison. 2 p., par Copia.

366 **Queverdo** (d'ap.). La terre. — Le rendez-vous, 2 scènes d'Amants, in-4. Belles ép.

367 **Raimbach**. Jupiter et Antiope, d'ap. Titien.

368 **Rainaldi**. Décapitation de saint Jean, d'ap. Guerchin. Très-belle ép.

369 **Ransonnette**. Nostradamus et Marie de Médicis. — Henri IV et Sully, par Patas, avant la lettre. 2 p.

370 **Raphaël** (d'ap.). Jugement de Pâris, copie de Marc-Antoine.

371 — Les heures du jour et de la nuit. 5 p. avant la lettre.

372 **Regnault**. Ah. S'il s'éveillait ! Très-belle ép. en bistre.

373 **Retord**. La tendre Éléonore, d'ap. Natoire.

374 — L'Oracle. Très-belle ép. avant toute lettre.

375 **Reynolds**. Souvenirs. — Regrets. 2 p. d'ap. Dubuffe. — Jeune fille, d'ap. Dubuffe. Magnifique ép. avant toute lettre.

376 **Ribault**. Van Dick peignant son premier tableau. Superbe ép. avant toute lettre, toute marge.

377 — Pâris et Enone, avant la lettre chine. — Couronnement d'Épine, avant la lettre. 2 p.

378 — Ecouchard Lebrun, in-4, avant la lettre. Superbe.

Luc 8

Jean 10

Michel 4

Jean 7

Marais Michel 22

379 **Roullet** J.-L., Marquis de Beringhen, d'ap.
Mignard. Superbe ép. signée *A. Rantzow.*

380 **Rubens** (d'ap.). Helena Forman, sa femme,
par Pethers, in-4 en couleur.

381 — Ixion, composition gracieuse, par Van Som-
pel Valk, *excud.*

382 — Jeanne d'Autriche. — François de Médicis.
2 portraits en pieds. — Education de la Reine.
— Le Roi part pour la guerre. — Henri IV déli-
bère. — La Majorité du Roy. — 6 p. très-belles,
avant les numéros.

383 **Ruotte.** La nouvelle du retour, d'ap. Fragonard. — Mariage Samnite. 2. p.

384 **Ryland.** Dame en habit turc. — Ludit ama-
biliter. — Patience. 3 jolies p. sanguines, ovales,
in-fol., d'ap. Angelica Kauffman.

385 **Sadeler.** Spranger et sa femme entourés de
figures allégoriques. — L'Esclavone ou Lucrèce
Borgia. 2 p.

386 — David louant le Seigneur et pendant. 2 p.

387 — Massacre des Innocents, d'ap. Tintoret.

388 — Vierge, d'ap. Durer. Belle ép.

389 — La Charité, ou Mère et ses trois enfants.
Sup. ép.
— Les Saintes Femmes. — Les Parques. 2. p.

390 **Saint-Amand de Saint-Gilles.** La Fidélité
Tendresse maternelle, etc. 4 p.

391 **Saint-Aubin.** Jupiter et Léda, avant le texte
et le cadre, pour la gal. du Palais-Royal, grande
marge.

392 **Saint-Aubin**. Vénus anadyomène, d'ap. Titien, avant la coquille.

393 — La fontaine enchantée de la vérité d'Amour, d'ap. Cochin, avant le texte.

394 — Crébillon, mariage Russe, Génie de l'immortalité. 3 p.

395 **Saint-Aubin** (d'ap.). La Sultane Validé. — Odalisque. 2 têtes de femmes, par Lingée. Sup. ép., sanguine.

396 **Schenau** (d'ap.). La Lanterne magique. L'Origine de la peinture, 2 p. très-belles.

397 — Le Miroir brisé, par Chevillet. Superbe ép. avant la lettre.

398 **Schenker**. Henri IV à l'âge de 15 ans. — Jeanne d'Albret, sa Mère. 2 portraits in-4, ovales sur chine, marge in-fol.

399 **Schmidt**. C. G. de Tubières de Caylus, Evêque d'Auxerre, in-fol. Très-belle ép.

400 **Schmutzer**. Portrait de Chr. Guil. Ernest Dietricy, peintre, d'ap. lui-même, in-fol. Belle ép.

401 **Schultze**. Vénus et l'amour, d'ap. Jules Romain, très-belle ép., marge.

402 — Vénus et l'amour, d'ap. Madame Le Brun.

403 — Théodose et saint Ambroise, d'après Rubens. Superbe ép. avant la lettre.

404 **Schuppen** (van). Mère angélique Arnaud, in-fol., toute marge.

405 **Sicardi** (d'ap.). Come la trovate en couleur. — Oh! che boccone! — Che gusto. — L'Amour cassant la tirelire, avant la lettre. 4 p. ovales.

Michel 5

R 5

R 10   Michel 12

G

Mary 10   Michel. 10

Michel. 8   Vron 10

Phelp

Michel 6

Michel 6

406 **Sigismondo**. La Madeleine, d'ap. C. Dolci, in-4.

— 407 **Simon**. Louis XIV, coiffé d'un chapeau; beau portrait grandeur naturelle, rare.

— 408 **Simmoneau**. Elisabeth Charlotte palatine, duchesse d'Orléans, in-fol. d'ap. Rigaud.

409 **Simons** (Mlle E.). Bestiaux au repos, d'ap. van de Velde. (OEuvre première), rare.

410 **Sintzenich**. Magdalena, ovale en couleur, d'ap. Le Brun.

411 **Smith**. Abailard et Héloïse. — Sidgismonda, par Watson. 2 p. manière noire.

412 **Spooner**. Intérieur avec buveur et concert rustique, d'ap. Teniers. Très-belle ép.

413 **Tanjé**. Joseph et la femme de Putiphar, octogone. Sup. ép., marge.

414 **Strange**. Sapho, d'ap. Carlo Dolci. Belle ép. — Apollon couronnant le Mérite, d'ap. Sacchi.

415 **Suntach** direxit. Le maître d'école sévère. — La maîtresse d'école indulgente, 2 p.

— 416 **Tardieu** (Alex). Marie-Antoinette en pied, en vestale, d'ap. Dumont. Très-beau portrait. Superbe ép., grande marge.

— 417 **Tardieu** (J.). L.-J. d'Audibert de Lussan, archevêque de Bordeaux, in-fol., d'ap. Restout.

418 **Tardieu**. Le Christ en croix, d'ap. Parrocel.

419 **Tassaert**. Les trois enfants de Rubens jouant avec un chien, manière noire. Très-belle ép.

420 **Tavernier**. La Circassienne au bain, d'ap. Blondel. Très-belle ép. avant la lettre, marge.

421 **Testi**. La Fortune sur la roue, d'ap. Michel
Ange. Sup. ép. avant la lettre, marge.

422 **Titien** (d'ap.). Paysage. Les joueurs de dés, par
Grimaldi. — L'Annonciation, par Saiter. 2 p.

423 **Tomkins**. Vénus et l'Amour. — Scène d'intérieur. 2 p. avant la lettre.

424 **Trésca**. On la tire aujourd'hui. — La douce
résistance. 2 p. Très-belles ép. d'ap. Boilly.

425 — L'Attention. — La Précaution. 2 jolies femmes d'ap. Boilly, en bistre.

426 — La Solitude. — La Jardinière. 2 très-jolies
femmes en couleur, d'après Boilly, grandes
marges.

427 **Trouvain**. Alexis du Buc, Théatin; petit in-fol. —
Très-belle ép. avant les vers latins sur la console.

428 — Jean Jouvenet, peintre, in-fol., d'ap. lui-
même.

429 **Vallée**. Mort de la Vierge, d'ap. Caravage.

430 **Vangelisty**. Le premier devoir des mères,
d'ap. Raphaël (C'est la Vierge dite au coussin
vert). Très-belle ép. Saint Jean-Baptiste d'ap.
Mengs. 2 p.

431 — L'amour châtié, d'ap. Carrache. — Europe
et le Taureau avant la lettre. — La nourrice ou
le bain forcé. 3 p.

432 **Vanloo** (d'ap.). Coucher à l'italienne, petit in-
fol.. Sanguine, sujet gracieux.

433 — Le Triomphe de Silène, par Lempereur. Très-
belle ép.

434 — Louis-Stanislas-Xavier. — M. J. L. de Savoye,
comtesse de Provence. 2 portraits grand in-8,
toute marge.

Michel 5

Michel 5

Michel 8   Diens 15

Dens 10

435 — Marie-Antoinette. — Louis XVI. 2 portraits grand in-8, avec allégories, toute marge.

436 **Watteau** (d'ap.). Le bal champêtre, par Couché.

437 **Vermeulen.** Jacobus Sirmon, Jésuite, né à Riom, en Auvergne, petit in-fol., marge.

438 — Maria-Luisa de Tassis, in-fol., d'ap. van Dyk.

439 **Vernet** (d'ap. Horace). Apothéose de l'Empereur, gravée au burin. Superbe ép. avant la lettre, avec le petit paysage au coin de la marge.

440 **Vernet** (d'ap. Joseph). Vues du Levant. Le Matin. Le Pêcheur encouragé. Les Jetteurs de filets. 3 sujets de marines.

441 **Viel.** Diane au bain, d'ap. Metay.

442 — La Paix amène l'Abondance, d'ap. Mme Le Brun. Très-belle ép. avant la lettre.

443 **Wierix** (Jérôme). Danaé. Belle ép.

444 **Villamena.** Silène avec satyres dans un entourage orné de figures de satyres, etc.

445 **Wille.** Sœur de la bonne femme et paysages, 4 p.

446 — Mort de Cléopâtre. Belle ép. d'ap. Netscher.

447 — Les Délices maternelles. Très-belle ép. avant les armes effacées et avec le premier titre.

448 — Le Philosophe du temps passé avant la dédicace. — Le Soldat suisse, avant la lettre. 2 p. Superbes ép.

449 — Woldemar de Löwendal, in-fol. d'ap. de la Tour. Belle ép. in-fol.

450 **Wille fils** (d'ap.) L'Essai du corset, par Dennel. Belle ép.

451 **Visscher** (J). Le Maréchal, sujet de chevaux, d'ap. Wouwermans, Schenk, ex.

452 **Visscher** (C). Tête de femme, la main sur la poitrine.

453 **Vogel**. Vainement on croit m'éviter (c'est la Folie), d'ap. Colibert. — L'Amour et la Douceur. 2 jolis sujets d'enfants, gracieux.

454 **Wolff**. Le Sommeil trompeur. — Le Réveil prémédité. — Suite de la douce impression de l'harmonie. 3 p. d'ap. Boilly. Sup. ép., marge.

455 **Volpato**, Lucifer. — Nox. 2 p. d'ap. Guerchin.

456 **Voyez** l'aîné. Angélique et Médor, d'ap. Blanchard. Superbe ép. avant la lettre, marge.

457 — Le Désir. — La Douleur. — Les Regrets. — Le Repentir. — 4 p., têtes, in-4. Très-belles ép.

458 **Voyez** junior. La coquette Sophie, d'ap. Davesne.

459 — Le Gage de la Fidélité. — Le Moment dangereux. 2 p. très-belles, avec marge.

460 **Vrytag**. Scènes d'intérieur de famille flamande. Une Mère et ses enfants. 2 p. très-belles.

RENOU et MAULDE, imprimeurs de la Compagnie des Commissaires-Priseurs, rue de Rivoli, 144. 10813